«Lo que más me gusta de tus libros son las cartas de amor de Dios. Tengo la impresión de que él está allí mismo, en mi cuarto, hablándome, como si me conociera perfectamente. Lo que me encanta es la parte que habla de ser una bendición, y la que dice que yo soy una creación que él considera hermosa. Realmente me gusta este libro y me encantaría recibir una de las primeras copias apenas se imprima».

—OLIVIA, 9 AÑOS

«Gracias, Sheri Rose. No puedes imaginar el impacto que tu libro ha tenido sobre Olivia. Ella ha leído una pequeña parte cada noche antes de ir a la cama, y lamentó terminar de leerlo. Isabella, que tiene siete años y medio, lo disfrutó mucho también; la sonrisa que se le dibujaba en el rostro cada noche decía más que mil palabras. El libro es muy positivo y alentador. Comunica de forma muy precisa el verdadero carácter de nuestro amoroso Dios».

—ROBIN

«¡*Su pequeña princesa* me enseñó que soy una princesa de verdad y no una de fantasía! Y me hizo saber que para Dios soy hermosa pase lo que pase. Este libro me ha ayudado mucho. Aun cuando a veces me equivoco en mis elecciones, sé que Dios igualmente me ama. Y ya no tengo miedo de noche. Gracias por escribir este libro. ¡Me ha llevado a avanzar un gran paso en mi vida!».

—ELIZABETH, 8 AÑOS

«Estas cartas de amor son tremendas, y yo las quiero para mis nietas. ¡Qué libro más cautivador y maravilloso! Hemos sido creadas para manifestar hermosura. ¡Y usted ha logrado transmitir eso en *Su pequeña princesa*!».

—LEE ANNE

Su pequeña
princesa

Este libro es para ser obsequiado a:

_____

Lo dedico a mi hija Emily Joy Shepherd,
un regalo de Dios para mí.

Su pequeña princesa

Preciosas cartas de tu Rey

Sheri Rose SHEPHERD

Ilustraciones de Lisa Marie Browning

DEDICADOS A LA EXCELENCIA

La misión de Editorial Vida es proporcionar los recursos necesarios

a fin de alcanzar a las personas para Jesucristo y ayudarlas a crecer

en su fe.

Traducción: *Silvia Himitian*
Edición: *Virginia Himitian de Griffioen*
Adaptación diseño de cubierta: *Grupo Nivel Uno, Inc.*
Adaptación diseño de interior: *Pablo Snyder & Co.*

Cartas del Rey

Yo te elegí, mi princesa
Mi tremendo amor por ti
Te he hecho hermosa
La actitud de una princesa
Mi princesa generosa
Mostrar respeto
Realizar buenas elecciones
Siempre te perdonaré
Habla conmigo, princesa
Las palabras de una princesa
No temas, hija mía
Cuando te sientes decepcionada
Mi hermosa creación
Tú eres una bendición
Sé valiente, mi princesa
Adora a tu Rey
El carácter de una princesa
Ama a tu familia
Cuando te enojas
Cómo decir que lo lamentas
La protección de los padres
Resiste la tentación
Yo también fui rechazado
Cuando los amigos pelean

Un corazón agradecido
No te des por vencida
No fastidies a otros
En tiempos de enfermedad
Los ángeles velan sobre ti
Honra a los mayores
Vístete como un miembro de la realeza
Los amigos son un regalo
Dulces sueños, mi amor
La Navidad
Mi Palabra es verdad
Inténtalo de nuevo
Siempre da lo mejor de ti
Una princesa no presume de sí misma
Ama a la gente tal como yo la amo
Encuéntrate conmigo en el templo
Ten fe, hija mía
No te pongas celosa
Mi princesa paciente
Di la verdad
Jesús murió por ti
Cuéntale a la gente sobre Jesús
Abre tu regalo
Regalos en el cielo
La muerte no es el fin
Un hogar en el cielo

Oraciones de la princesa

Gracias por elegirme
Yo también te amo, Señor
Gracias por haberme formado
Ayúdame a tener una buena actitud
Quiero tener un corazón generoso
Enséñame a mostrar respeto
Quiero realizar buenas elecciones
Perdóname, Señor
Ayúdame a confiar en ti
Dame labios hermosos
Ayúdame a no sentir temor
Sana mi corazón
Amo tu mundo
Enséñame a bendecir a otros
Ayúdame a ser fuerte
Te alabaré, Señor
Enséñame a ser como tú
Ayúdame a amar a mi familia
Ayúdame cuando me enojo
Lo lamento, Señor
Una oración por mis padres
Guárdame del mal
Cuando estoy dolida
Enséñame a hablar con amabilidad

Coloca una canción en mi corazón
Yo deseo ser siempre tu niña
Señor, cambia mi corazón
Tú eres mi sanador
Envía tus ángeles a protegerme
Ayúdame a honrar a mis abuelos
Vísteme como a una princesa
Quiero ser una buena amiga
Tú eres mi luz en medio de la noche
Padre, ¡Feliz Navidad!
Me encanta leer la Biblia
Confiaré en ti
Ayúdame a dar lo mejor de mí
No voy a alardear ni a presumir
Tú nos hiciste a todos
Amo tu iglesia
Fortalece mi fe
Perdóname por ponerme celosa
Padre, dame paciencia
No diré mentiras
Jesús, ven a mi corazón
Quiero anunciar las buenas nuevas
Gracias por mi don
Tú ves todo lo que hago
Consuélame, Señor
Feliz para siempre

Mi querida princesita:

Tú eres *muy* especial para Dios. Has sido elegida y coronada como su princesa. No eres una princesa de fantasía. Tu reinado es real porque eres una hija del Rey.

Dios te considera muy importante dentro de su Reino. Él te ama muchísimo y quiere hablarte todos los días a través de su Palabra, la Biblia.

Este libro contiene cartas personales del Rey, escritas para enseñarte a vivir y actuar como una verdadera princesa. Algún día te encontrarás con el Rey en el cielo y él te hará regalos sorprendentes por todo lo que hayas hecho para mostrar a los demás la manera en que amas al Señor.

Si tú lees una carta por día, descubrirás hasta qué punto eres amada y apreciada por Dios, el Rey de reyes.

Con amor,
Sheri Rose

Yo te elegí, mi princesa

Hija mía, elegida por mí:

Tú no eres una princesa imaginaria, mi niña. Eres una verdadera princesa, y yo soy tu Dios, el Rey que está por encima de todos los reyes. Aun antes de que nacieras yo te elegí para que seas mi princesa. Tú eres muy importante en mi Reino. Te he elegido para realizar algo especial que solo tú puedes hacer. Tengo planes sorprendentes para ti, tanto para el tiempo presente como para cuando crezcas. Recuerda que no es una corona ni un palacio lo que hacen de ti una princesa, sino que tu amor por mí y por los demás es lo que te convierte en una persona especial. Si lees mis palabras todos los días en la Biblia, te enseñaré todo lo que necesitas saber acerca de la manera en que vive una hija del Rey.

Con amor,

Tu Rey y Padre celestial

....

«No me escogieron ustedes a mí,
sino que yo los escogí a ustedes».
JUAN 15:16

Gracias por elegirme

Amado Dios, gracias por elegirme
para ser tu princesa. Me siento
alguien muy especial al saber que
te pertenezco. Recuérdame que
debo demostrar que soy tuya en
mi manera de actuar. Necesito tu
ayuda. Me alegra que seas mi Rey
y que puedas hacerme brillar para
ti. Te pido todo en el nombre de
Jesús, amén.

Mi tremendo amor por ti

Querida y preciosa hija:

Yo soy tu Papá del cielo, ¡y te amo muchísimo! Sé que también tienes un papá en la tierra; yo lo he creado, del mismo modo en que te he creado a ti. Pero yo soy el Dios de todo el cielo y la tierra, y soy tu Rey y tú eres mi hija. Eres muy preciosa para mí en todo sentido. Pienso en ti todo el tiempo. Nada es más importante para mí que tu vida. Y deseo que grabes esta verdad muy profundo en tu corazón. No importa cuánto crezcas o a dónde vayas, siempre serás mi niña y yo siempre seré tu Dios. Siempre te amaré, a pesar de lo que hagas, y nunca te abandonaré.

Con amor,

Tu Rey, que nunca dejará de amarte

....

«Con amor eterno te he amado»

Jeremías 31:3

Yo también te amo, Señor

Amado Dios, me siento muy feliz porque me amas. Gracias por todo lo que has hecho por mí. Gracias porque estaré contigo para siempre. Gracias por tu promesa de que jamás me abandonarás. En el nombre de Jesús, amén.

Te he hecho hermosa

Mi linda princesita:

Quiero que sepas lo hermosa que eres para mí. ¡Te amo, hijita mía! Me gusta mucho la forma en que te he creado. Cuando te mires al espejo, recuerda que yo elegí cuidadosamente el color de tus ojos y el tono de tu cabello. Te amo tanto que sé con exactitud cuántos cabellos tienes en tu hermosa cabecita. Yo diseñé la forma de tu nariz y tu simpática sonrisa. Hice cada parte de tu precioso cuerpo. Nunca intentes parecerte a otra persona, sino sé tú misma. Yo creo que eres perfecta así como eres. Me gusta cada uno de los detalles de tu persona, mi princesa. No hay nadie en el mundo como tú.

Con amor,

Tu Rey, que te creó perfecta

....

Tú creaste mis entrañas; me formaste en el vientre de mi madre. ¡Te alabo porque soy una creación admirable! ¡Tus obras son maravillosas, y esto lo sé muy bien!

Salmo 139:13-14

Gracias por haberme formado

Amado Dios, gracias por haberme
formado de una manera tan especial. Por favor, ayúdame a sentir-
me siempre contenta por la forma
en que me has hecho. Ayúdame a
recordar que todo lo que soy es
exactamente lo que tú planeaste.
En el nombre de Jesús, amén.

La actitud de una princesa

Mi amadísima hija:
Aquellas que son mis princesas deben mantener una buena actitud y mostrar un corazón tierno. Mi amor, es fácil mostrar una buena actitud cuando uno logra lo que quiere o cuando tiene un buen día. Se vuelve más difícil cuando tenemos un mal día o cuando no podemos obtener algo que realmente deseamos. Recuerda que es imposible para ti actuar como una hija mía sin mi ayuda. Al igual que tú, cada muchacha de la Biblia que realizó algo importante a favor de mi Reino necesitó de mi ayuda. Así que cuando te enojes o te sientas herida o decepcionada, lo mejor es que vengas a mí y me pidas un corazón que muestre a los demás que eres mía. Y yo te ayudaré a mantener una buena actitud.
Con amor,
Tu Rey y ayudador

....

Por sobre todas las cosas cuida tu corazón,
porque de él mana la vida.
PROVERBIOS 4:23

Ayúdame a tener
una buena actitud

Amado Dios, a veces tengo malas actitudes y no actúo como tu princesa. Por favor, perdóname. Necesito que me ayudes a comportarme como una princesa, tal como lo has planeado. Ayúdame a recordar que mi papá es el Rey de todo lo que existe. En el nombre de Jesús te lo pido, amen.

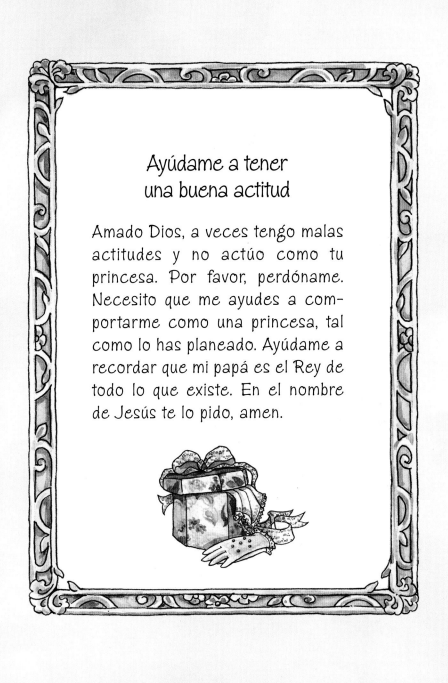

Mi princesa generosa

Mi amada hija:

Hoy te enseñaré como volverte hermosa en verdad. A medida que aprendas a actuar como mi princesa, descubrirás que el dar y el compartir te hace sentir mucho mejor que el recibir de otros o demandar que las cosas se hagan a tu manera. Recuerda, mi amada, que resulta muy fácil pensar solo en aquello que te interesa obtener, pero que para que todos se den cuenta de que eres mi princesa necesitarás tener el corazón generoso que tienen las princesas. Deberás hacer las cosas que yo te pida que hagas, aun cuando implique que no logres lo que deseas en ese momento. Cada vez que eliges ser generosa, haces mi corazón feliz.

Con amor,

Tu Rey, el que te enseña a dar

....

Ya sea que coman o beban
o hagan cualquier otra cosa,
háganlo todo para la gloria de Dios.

1 Corintios 10:31

Quiero tener
un corazón generoso

Amado Dios, me resulta verdaderamente difícil compartir mis cosas y pensar en los demás antes que en mí. Necesito que cambies mi corazón. Ayúdame a recordar que les demuestro tu amor a las personas al pensar primero en ellos que en mí misma. En el nombre de Jesús, amén.

Mostrar respeto

Amada princesa mía:

Hija mía, prestar cuidadosa atención a mis palabras es una cuestión muy importante. El mostrar respeto constituye una parte fundamental del ser princesa. Puedes manifestar el respeto de muchas maneras diferentes. Por ejemplo, cuando sigues las reglas establecidas en la escuela muestras respeto a tus maestros. Cuando escuchas en silencio a aquellos que hablan, también les estás mostrando respeto. Cuando obedeces a tus padres, demuestras una actitud respetuosa. Y yo me siento orgulloso de ti porque actúas como mi hija. Yo te amo independientemente de la forma en que te conduzcas, pero te he creado para que trates a los demás con respeto, del mismo modo en que deseo que los demás te honren y te respeten a ti.

Con amor,

Tu Rey, a quien amas y obedeces

....

Den a todos el debido respeto: amen a los hermanos, teman a Dios, respeten al rey.

1 Pedro 2:17

Enséñame a mostrar respeto

Amado Dios, ayúdame a comprender lo que es el respeto. Deseo obedecerte a través de respetar y honrar a mis amigos, a mi familia, a mis padres y a mis maestros. Por favor, enséñame a actuar como tu princesa. En el nombre de Jesús te lo pido, amén.

Realizar buenas elecciones

Mi preciosa princesa:

Cuando tus elecciones son buenas, les muestras a los demás que me amas. Yo te amo a pesar de lo que hagas o del modo en que te comportes, pero cuando eliges desobedecerme, puedes herirte a ti misma y a otros. Y no quiero que salgas herida. La lista de reglas que te he dado no son para evitar que te diviertas o para hacerte la vida difícil. He dejado escrito para ti en la Biblia el secreto para tener gozo en el corazón. Si eliges escuchar y obedecer mis palabras, haré por ti cosas mayores de las que jamás podrías imaginar. Recuerda que siempre estaré ahí, a tu lado, para ayudarte a tomar las decisiones correctas.

Con amor,

Tu Rey que te eligió

....

Si ellos le obedecen y le sirven,
pasan el resto de su vida en prosperidad,
pasan felices los años que les quedan.

JOB 36:11

Quiero realizar
buenas elecciones

Amado Dios, deseo que te sientas orgulloso de mí. Quiero tomar buenas decisiones y actuar de una manera que les muestre a otros que soy una hija del Rey. Por favor, ayúdame a escucharte y a obedecerte. Te amo. En el nombre de Jesús, amén.

Siempre te perdonaré

Querida princesa:

Tú puedes hablarme sobre cualquier cosa, aún sobre las cosas feas que hay en tu corazón. Quiero que me cuentes cuando tomas una decisión equivocada o cuando hieres los sentimientos de alguien. Siempre te perdonaré y nunca dejaré de amarte. Nadie es perfecto, ni siquiera los adultos que me aman. Por eso es que envié a mi único Hijo, Jesús, a morir en la cruz, de manera que no necesitemos ser perfectos para llegar al cielo un día. Ahora, detente a pensar por un momento acerca de cómo ha sido tu día. ¿Hay algo que necesitas confesar o decirme? Todo lo que hayas hecho mal, yo lo enderezaré en el cielo, porque te amo mucho.

Con amor,

Tu Rey, al que le encanta hablar contigo

....

Si confesamos nuestros pecados, Dios,
que es fiel y justo, nos los perdonará
y nos limpiará de toda maldad.

1 Juan 1:9

Perdóname, Señor

Amado Dios, ayúdame a recordar aquellas cosas que he hecho o dicho por las que necesito ser perdonada. Gracias por poder contarte acerca de todo lo que tengo en mi corazón, a pesar de lo malo que parezca. Gracias porque siempre me perdonas cuando te lo pido. En el nombre de Jesús, amén.

Habla conmigo, princesa

Hija mía, a quien elegí:

Deseo que sepas que puedes hablarme en cualquier momento acerca de cualquier cosa. Cuando te sientas triste, o muy feliz, o necesites ayuda, cuéntaselo a tu Papito del cielo. Nada le resulta demasiado grande o demasiado pequeño a tu Dios. Me encanta escuchar tus oraciones y estoy esperando poder respondértelas, mi amor. Muchas veces te daré exactamente aquello que me has pedido, y a veces no haré las cosas a tu manera porque sé lo que es mejor para mi niña. Pero siempre puedes confiar en que me haré cargo de tus necesidades. Tus pequeñas oraciones son grandes en el cielo, y yo escucho cada una de ellas. Estoy siempre disponible para ti, mi princesa.

Con amor,

Tu Rey, que escucha tus oraciones

....

Lo que pidan en mi nombre, yo lo haré.

Juan 14:14

Ayúdame a confiar en ti

Amado Señor, ayúdame a creer que tú me escuchas cuando oro. Por favor, que sea capaz de confiar en ti cuando no puedo ver la respuesta a mis oraciones inmediatamente, o cuando no las respondes de la manera en que yo quisiera. Tú sabes lo que es mejor para mí. En el nombre de Jesús te lo pido, amén.

Las palabras de una princesa

Amada princesa:

Sé cuidadosa en cuanto a lo que dices. Yo deseo que tus palabras sean un regalo para cualquiera que hable contigo. Te he dado hermosos labios para hablar como una princesa. Las cosas que dices deberían lograr que la gente sintiera alegría en su corazón. Cuando hablas, hazlo con dulzura y amabilidad. Si alguien está triste, puedes ayudarlo a sentirse mejor orando por esa persona o diciéndole algo amable. Si alguien no se siente amado, puedes contarle cuánto lo amo yo. Piensa, mi querida, que tal vez seas tú la única persona que le hable sobre mí. Recuerda que tú eres mi princesa, y entonces utiliza tus palabras para hacer que tus amigos y familia sientan que son algo especial.

Con amor,

Tu Rey, al que le encanta escuchar tus palabras

....

Eviten toda conversación obscena. Por el contrario, que sus palabras contribuyan a la necesaria edificación y sean de bendición para quienes escuchan.

EFESIOS 4:29

Dame labios hermosos

Amado Señor, por favor ayúdame a que mis labios resulten hermosos a causa de hablar palabras amables y dulces. Lamento las veces en que no he hablado como corresponde a una hija tuya. Por favor, perdóname y dame palabras que les demuestren a los demás que te pertenezco. En el nombre de Jesús te lo pido, amén.

No temas, hija mía

Hija mía:

Sé que a veces sientes temor. Aun los adultos a veces sienten miedo. Cuando estés asustada o temerosa, cuéntamelo y yo te ayudaré a sentirte segura. Estoy contigo en todo momento, y nunca te dejaré sola, mi amor. Del mismo modo en que protegí a mi hijo Daniel en el foso de los leones, te guardaré a salvo, mi princesa, sin importar dónde estés. Enviaré mis ángeles a protegerte porque yo soy tu Dios. Me preocupo por cada pequeña cosa que te asusta, así que habla conmigo cuando estés asustada. Siempre estaré disponible para ti, mi pequeñita. ¡No permitas que tu corazón se llene de temor por cualquier cosa!

Con amor,

Tu Rey, que siempre te protege

....

«Mi Dios envió a su ángel y les cerró la boca a los leones. No me han hecho ningún daño».

DANIEL 6:22

Ayúdame a no sentir temor

Amado Dios, a veces siento tanto temor que me resulta difícil creer que tú estás conmigo, ya que no puedo verte. Por favor, ayúdame como lo hiciste con Daniel cuando él sintió temor a causa de los leones. Ayúdame a sentirte cerca cuando experimento miedos. En el nombre de Jesús te lo pido, amén.

Cuando te sientes decepcionada

Querida princesa:

A veces suceden cosas tristes o lamentables. La vida no siempre sigue el camino que tú quisieras. A veces las personas hacen o dicen cosas que hieren tus sentimientos. Cuando eso suceda, está bien que te sientas triste o decepcionada. Aun yo me he sentido desilusionado, mi amor. Sé lo difícil que es actuar como mi princesa cuando te han herido el corazón. Está bien llorar. Solo quiero que sepas que yo estoy disponible para ti cuando estés dolida, y que puedo volver a poner alegría en tu corazón. Pero tal vez te lleve un tiempo el sentirte bien de nuevo, así que, quédate cerca de mí cuando estés triste o decepcionada. Te ayudaré a tener un corazón de princesa, y te daré gozo mientras tu corazón se sana.

Con amor,

Tu rey, y tu alegría

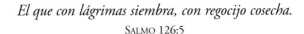

El que con lágrimas siembra, con regocijo cosecha.

SALMO 126:5

Sana mi corazón

Amado Señor, hay ciertos días en los que son muchas las cosas que lastiman mis sentimientos; me resulta difícil actuar como tu princesa cuando estoy triste. Por favor, sana mi corazón y pon felicidad dentro mío otra vez. Ayúdame a recordar que nunca me dejarás y que siempre me amarás. En el nombre de Jesús lo pido, amén.

Mi hermosa creación

Mi hija amada y valiosa:
Cuando veas una bella flor, o sientas una suave y fresca brisa sobre tu cara en un día de verano, es porque quiero mostrarte lo mucho que te amo. ¡He creado toda esa belleza para que la disfrutes! Envío la lluvia para que las flores crezcan. Envío los rayos de sol para dar calor a tu cuerpo. Envío pájaros que canten para ti y otros animales que puedes cuidar y amar. Hago brillar las estrellas como diamantes solo para ti. ¿Sabías que tú eres mi creación favorita? Eres mi niña, y yo he creado todas estas cosas tan especiales para hacerte feliz. ¡Mira a tu alrededor y fíjate en la manera en que he dado color al mundo solo para ti!
Con amor,
Tu Rey, el Creador de todas las cosas

....

¡Solo tú eres el Señor! Tú has hecho los cielos,
y los cielos de los cielos, con todas sus estrellas.
Tú le das vida a todo lo creado: la tierra
y el mar con todo lo que hay en ellos.
¡Por eso te adoran los ejércitos del cielo!

NEHEMÍAS 9:6

Amo tu mundo

Amado Dios, gracias por todas las hermosas cosas que has hecho. Gracias por la brisa que refresca mi cara y que me susurra que tú me amas. Gracias por todas las maravillosas estrellas que hay en el cielo. ¡Gracias por haberme hecho tal como soy! En el nombre de Jesús, amén.

Tú eres una bendición

Amada princesa:

Una bendición es aquello que tú haces o dices que logra que los demás se sientan amados. Quiero que bendigas a la gente siempre que puedas. Cuando veas a tu mamá trabajando esforzadamente para limpiar la casa, pregúntale qué puedes hacer para ayudarla. Cuando veas a tu hermano o hermana intentando hacer algo demasiado difícil, ofrécete a ayudar, o aun a hacerlo en su lugar. Recuerda, mi amor, que una verdadera princesa (mi princesa) piensa en primer lugar en los demás. Cada día procura alguna manera en la que puedas hacer sentir amado a alguien. Te he bendecido, mi princesa, para que bendigas a otros.

Con amor,

Tu Rey, al que le encanta bendecirte

....

Que sea reconocida por sus buenas obras, tales como criar hijos, practicar la hospitalidad… ayudar a los que sufren y aprovechar toda oportunidad para hacer el bien.

1 Timoteo 5:10

Enséñame a bendecir a otros

Amado Dios, por favor, perdóname por las veces en que no ayudé a alguien que me necesitaba. No deseo seguir siendo egoísta. Por favor, dame un corazón que desee servir a los demás. Yo sé que tú siempre estás ahí para ayudarme, y eres mi Papá del cielo. En el nombre de Jesús te lo pido, amén.

Sé valiente, mi princesa

Querida princesa:

Te ayudaré a ser valiente, hija mía, de la misma manera en que ayudé a la reina Ester. Ella no tenía papá ni mamá que le enseñaran a ser fuerte y valiente. Pero yo era su Papá del cielo y ella me amaba mucho y sabía que nunca la iba a abandonar. La instruí para que pidiera al rey de su tierra que no hiriera a mi pueblo. Ester estaba asustada, pero confió en que yo le daría las palabras que debía hablar cuando estuviera frente al rey. Ester obedeció y rescató a mi pueblo. Hoy ella es recordada por su gran valor. Ora pidiendo valor y yo tendré mucho gusto en dártelo cuando lo necesites.

Con amor,

Ti Rey, que es tu fortaleza

....

Ester respondió: «Si me he ganado el favor
de su Majestad, y si le parece bien,
mi deseo es que me conceda la vida.
Mi petición es que se compadezca de mi pueblo».

ESTER 7:3

Ayúdame a ser fuerte

Amado Dios, deseo tener el valor de decir y hacer lo correcto, aun cuando sea difícil o me produzca miedo. Por favor, ayúdame a no temer hacer todo lo que tú me mandes. Gracias porque siempre estas cerca para ayudarme. Te amo muchísimo. En el nombre de Jesús, amén.

Adora a tu Rey

Hija amada y preciosa:

¡Tu voz llena mi corazón de gozo! ¿Sabías que cuando cantas manifestando tu amor por mí todo el cielo te escucha? Puedes alabarme en la mañana y a la noche, antes de ir a dormir. Puedes elevar tu hermosa voz en cualquier momento. ¿Sabías que David, el que mató al gigante Goliat en la batalla, me alababa todo el tiempo? Yo ayudé a David a hacer una gran cantidad de cosas especiales para mi Reino porque él me amaba y había escrito una gran cantidad de canciones de alabanza para mí. Princesa, te he elegido a ti, tal como elegí a David. Así que canta con todo tu corazón, mi amor. Yo escucho cada palabra que sale de la boca de mi hija.

Con amor,

Tu Rey, al que le encanta escucharte cantar

....

Quiero alabarte, Señor, con todo el corazón,
y contar todas tus maravillas.

Salmo 9:1

Te alabaré, Señor

Amado Dios, me agrada mucho poder cantarte alabanzas. El corazón se me llena de felicidad cuando entono canciones sobre lo mucho que te amo y lo mucho que me amas. Cantaré a ti aun cuando sea grande, porque sé que escuchas cada una de las palabras que salen de mi corazón. En el nombre de Jesús hago esta oración, amén.

El carácter de una princesa

Amada princesa:

Hoy deseo enseñarte con respecto al carácter de una verdadera princesa. Tener carácter significa ser capaz de hacer lo correcto cuando nadie te ve. Implica elegir hacer lo correcto aun cuando no tengas ganas de hacerlo. El desarrollar carácter constituye un tesoro especial: se parece a una joya poco común que mucha gente no logra encontrar. Pero tú eres mi hija y es precisamente tu carácter lo que te hará brillar para mí. Si me lo pides, siempre te ayudaré a hacer lo que es correcto delante de mis ojos. Recuerda que es muy difícil hacer cualquier cosa sin mi ayuda. Así que pídeme que te dé un carácter bello y yo lo haré, mi querida.

Con amor,

Tu Rey, que te hace brillar

....

«Y ahora, hija mía, no tengas miedo. Haré por ti todo lo que me pidas. Todo mi pueblo sabe que eres una mujer ejemplar».

RUT 3:11

Enséñame a ser como tú

Amado Señor, yo quiero brillar como una princesa a la que has elegido. Por favor, ayúdame a hacer buenas elecciones, aun cuando me cueste esfuerzo. Ayúdame a hacer lo correcto cuando nadie me ve. Ayúdame a parecerme más y más a ti. En el nombre de Jesús te lo pido, amén.

Ama a tu familia

Demuéstrale a tu familia que la amas. Sé que eso a veces es difícil de hacer. Para poder amar a tu familia tienes que tener un verdadero corazón de princesa (y bastante oración), en especial cuando uno de tus hermanos o hermanas te hiere o te hace enojar. Yo sé lo que se siente cuando la gente que tú amas hace cosas que te rompen el corazón. Cuando envié a Jesús a amar a la gente que yo había creado, muchos de ellos trataron a mi Hijo con crueldad. Pero aun así continué amándolos. Por favor, quiero que recuerdes que yo te amo sin importar la forma en que actúes, y te pido que hagas lo mismo con tu familia. Ten presente que jamás nadie te amará de la forma en que te amo yo, porque soy tu Dios y tu Rey.
Con amor,
Tu Rey, que te ha dado una familia para que la ames

....

Nadie tiene amor más grande que
el dar la vida por sus amigos.
Juan 15:13

Ayúdame a amar a mi familia

Amado Dios, ayúdame a amar a mi familia. Gracias por poder pertenecer a tu familia. Gracias porque me amas independientemente de la forma en que yo actúe. Te amo, Señor, y deseo aprender a amar a otros de la manera en que tú me amas. Te pido todo en el nombre de Jesús, amén.

Cuando te enojas

Muy amada hija:

Todos nos enojamos en algún momento. Yo me he sentido de esa manera muchas veces. Pero nunca me molestaré contigo porque te sientas enojada, hija mía. No es un pecado que te enojes, pero está mal estallar en ira y herir a otras personas o a ti misma. Cuando te sientas enojada o llena de ira, cuéntamelo a mí. Aun puedes clamar a mí, como lo hizo David. Siempre te escucharé. Te amo y me preocupo por todo lo que te molesta, hija mía. Así que acércate a tu Papá del cielo cuando estás en problemas. Yo sanaré tu corazón de toda ira y te lo devolveré calmo y feliz; lleno de amor.

Con amor,

Tu Rey, que siempre está disponible para ti

....

Si se enojan, no pequen. No dejen que el sol se ponga estando aún enojados.

EFESIOS 4:26

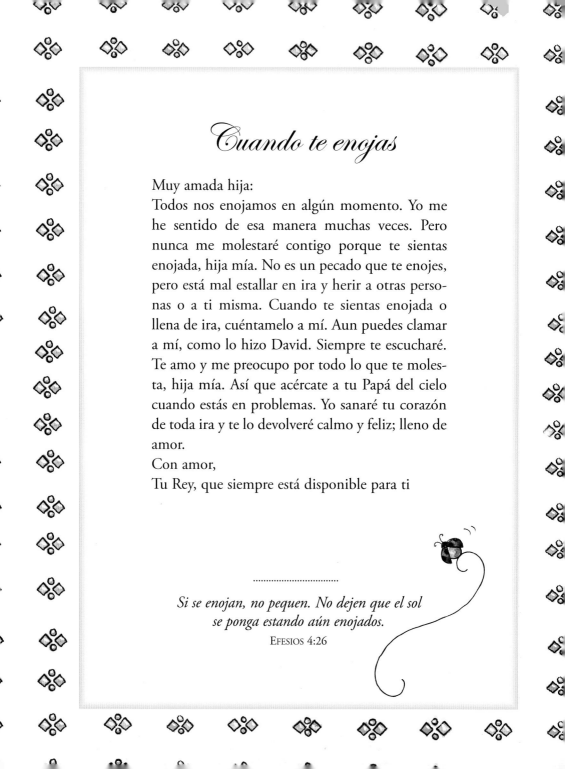

Ayúdame cuando me enojo

Amado Dios, ayúdame cuando me siento irritada por dentro. A veces mis amigos o familiares realmente me hacen enojar. Lamento no haber actuado en algunas ocasiones como tu hija. Gracias por amarme de todos modos. En el nombre de Jesús, amén.

Cómo decir que lo lamentas

Querida princesa:

Las palabras «lo lamento» son como un tesoro de amor que puedes darle a aquel al que has herido. Sé que a veces resulta difícil decir que lo sientes, en especial cuando tu intención no era lastimar al otro. Pero deseo que ayudes a aquellos a los que has herido diciéndoles que lo lamentas. Recuerda esto: yo siempre te perdonaré inmediatamente. Pero a veces a la gente a la que has lastimado le toma un buen tiempo perdonarte. Cuando esto suceda, deseo que ores por ellos, y a su tiempo yo los ayudaré a perdonarte. Y te bendeciré a ti dándote un corazón de princesa que encuentre gozo en hacer lo correcto.

Con amor,

Tu Rey, que siempre te perdona

....

Voy a confesar mi iniquidad, pues mi pecado me angustia.

Salmo 38:18

Lo lamento, Señor

Amado Dios, a veces no tengo ganas de disculparme, así que necesito que me ayudes a hacer lo correcto. Por favor, ayúdame a decir que lo siento cuando hiero a alguien, y ayúdame a perdonarme a mí misma. En el nombre de Jesús, amén.

La protección de los padres

Amada princesa mía:

Te he dado un padre y una madre para tu protección. Ellos son como un paraguas en un día de tormenta. Así como el paraguas te resguarda para que no te mojes, tus padres te protegen de sufrir daños al establecer reglas que tú debes obedecer. A veces resulta difícil ser padre. Criar un hijo constituye una responsabilidad muy grande. Así que yo deseo que honres a tus padres siendo amable y obediente. Eso es lo correcto, hija mía. Harás feliz a tu Rey si tratas a tu papá y a tu mamá con amor y respeto. Recuerda, mi princesa, que si honras y obedeces a tus padres, yo te bendeciré de una manera particular a medida que crezcas.

Con amor,

Tu Rey y tu Padre del cielo

....

Hijos, obedezcan en el Señor a sus padres,
porque esto es justo.
EFESIOS 6:1

Una oración por mis padres

Amado Dios, gracias por mis padres. Por favor, ayúdame a obedecerlos aun cuando desearía hacer las cosas a mi manera. Ayuda a mis padres a cuidarme y enseñarme todo lo que tiene que ver contigo. Me alegro de que siempre estés cerca de ellos para ayudarlos. En el nombre de Jesús, amén.

Resiste la tentación

Amada hija:

¡Ten cuidado! Por ser mi hija, a la que yo he elegido, tú tienes un enemigo. Es el diablo y él intentará engañarte para que elijas mal. Te susurrará al oído cosas como: «Haz lo que te parezca correcto», o «Tienes todo el derecho a estar enojada». El diablo engañó a mi primera hija, Eva, para que me desobedeciera. Ella creyó en sus mentiras y pecó. Yo quiero que te acerques a mí cuando estás pensando en desobedecerme o en hacer algo que sabes en tu interior que está mal. Te ayudaré a ser fuerte y a hacer lo correcto. Pero si cometes la equivocación de hacer una mala elección, acércate a mí y yo te ayudaré a levantarte y te colocaré en el buen camino de nuevo.

Con amor,

Tu Rey, el que te hace fuerte

....

Vigilen y oren para que no caigan en tentación.
El espíritu está dispuesto, pero el cuerpo es débil.
MARCOS 14:38

Guárdame del mal

Amado Señor, en demasiadas ocasiones me resulta difícil hacer o decir lo correcto. Por favor, ayúdame a detectar cada ocasión en la que el diablo intenta engañarme para que te desobedezca. Protégeme del mal y ayúdame a recordar que debo orar cuando me siento tentada. Ayúdame a escuchar tu voz en mi corazón. En el nombre de Jesús te lo pido. Amén.

Yo también fui rechazado

Mi amada hija:

Quiero que sepas que no les gustarás a todas las personas aunque seas linda y agradable. Hay gente que no sabe amar verdaderamente a los demás porque no se ama a sí misma o porque no me conoce. Yo mismo he sentido el dolor de que la gente no me amara. Sé que duele. Y cuando tú estás triste, también lo estoy yo. Puedes estar segura de que nunca te rechazaré. Tú eres un tesoro para mí, y yo siempre estoy contigo donde quiera que vayas. Cuando alguien te lastime, yo estaré allí para sanar tu tierno corazón. Así que ora por aquellos a los que no les gustas y permíteme a mí hacer la obra en sus corazones también. Con amor.

Tu Rey, al que le encanta tu forma de ser

....

*¡Bendito sea Dios, que no rechazó mi plegaria
ni me negó su amor!*
SALMO 66:20

Cuando estoy dolida

Amado Dios, cuando alguien me trata mal o dice que no le gusto, eso lastima mis sentimientos. Por favor, ayúdame a amar a esa persona y orar por ella de todos modos. Sana mi corazón herido y ayúdame a sentir tu amor. En el nombre de Jesús te lo pido, amén.

Cuando los amigos pelean

Mi muy querida y amorosa hija:

Todos los amigos se enojan alguna vez. Pero hay una forma adecuada y una incorrecta de expresar el enojo. Cuando te sientas molesta y airada, debes acercarte a mí, tu Rey, y contarme la razón de tu fastidio. Entonces podrás orar por la persona con la que estás enojada. Si oras por tu amiga o amigo, yo te ayudaré a desarrollar un corazón de princesa. Te enseñaré a hablarle a ese amigo con sinceridad y amablemente. Cuando las personas se gritan una a la otra y dicen cosas hirientes, eso me parte el corazón. Y además de esa manera nunca se logra que nadie se sienta mejor. Si le has dicho algo poco amable a un amigo o amiga, ve a pedirle perdón hoy mismo.

Con amor,

Tu Rey, que siempre habla la verdad en amor

....

Panal de miel son las palabras amables:
endulzan la vida y dan salud al cuerpo.
PROVERBIOS 16:24

Enséñame a hablar con amabilidad

Amado Señor, perdóname por hablar con palabras poco amables a mis amigos y a mi familia. Realmente deseo actuar más como tu hija. Por favor, ayúdame a hablar con palabras afectuosas aun cuando comunique con sinceridad mis sentimientos. Gracias porque siempre estás cerca para ayudarme. En el nombre de Jesús, amén.

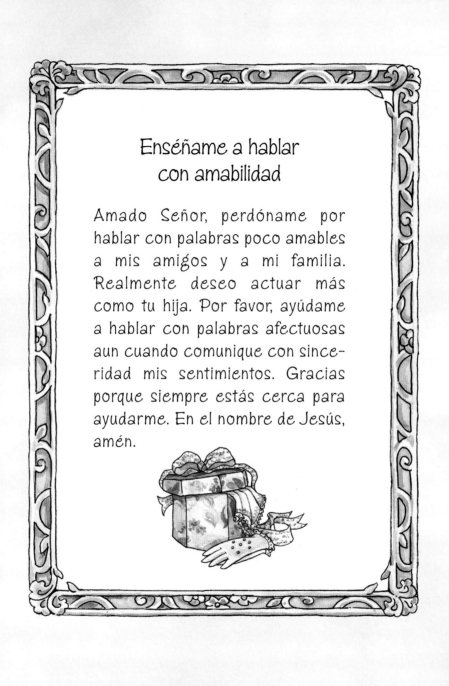

Un corazón agradecido

Querida princesa:

Un corazón agradecido es un corazón feliz. Pero existe un secreto para que puedas lograr mantener gratitud en tu interior cuando las cosas se ponen difíciles o no salen de la manera en que esperabas. Ese secreto es cantarme alabanzas. El apóstol Pablo aprendió este principio en una cárcel oscura y horrible. Había sido arrestado por hablarle a la gente acerca de mi amor por ellos. Pero Pablo no se quejó. En lugar de eso, cantó canciones de alabanzas para mí, junto con su amigo Silas. ¡Mi corazón se puso muy contento! Y sacudí tan fuerte la tierra, que las cadenas que los sujetaban se cayeron y las puertas de la prisión se abrieron solas. Si te concentras en pensar en las cosas buenas y hermosas, y en cantarme a pesar de las circunstancias, ¡yo siempre haré algo especial!

Con amor,

Tu Rey, que tiene las llaves que abren todas las puertas

....

Los trompetistas y los cantores alababan y daban gracias al Señor al son de trompetas, címbalos y otros instrumentos musicales. Y cuando tocaron y cantaron al unísono: «el Señor es bueno; su gran amor perdura para siempre», una nube cubrió el templo del Señor.

2 CRÓNICAS 5:13

Coloca una canción en mi corazón

Amado Dios, no siempre tengo un corazón agradecido. Por favor, perdóname por solo estar agradecida cuando logro lo que deseo. Ayúdame a ser agradecida todo el día y cada día. Y coloca una canción en mi corazón para que pueda cantarla para ti sin importar cómo me sienta. Te lo pido en el nombre de Jesús, amén.

No te des por vencida

Mi hija muy amada:

No te des por vencida cuando las cosas se ponen difíciles. David era simplemente un pequeño pastor cuando yo le dije que un día se convertiría en el rey de Israel. Él estaba entusiasmado por haber sido elegido por mí. Pero antes de ser coronado, un montón de cosas difíciles le sucedieron. Saúl, el rey que gobernó antes que él, se puso celoso e intentó matarlo, así que David tuvo que esconderse en cavernas para protegerse. Pero no se dio por vencido. Siguió orando y cantando para mí, y tomó decisiones sabias hasta que se cumplió el tiempo en que fue coronado rey. Yo he planeado grandes cosas para ti también, mi princesa. ¡Así que continúa orando y cantando y realizando elecciones sabias!

Con amor,

Tu rey, el que tiene planes maravillosos para tu vida

....

Porque yo sé muy bien los planes que tengo para ustedes —afirma el Señor—, planes de bienestar y no de calamidad, a fin de darles un futuro y una esperanza.

Jeremías 29:11

Yo deseo ser siempre tu niña

Amado Dios, sé que tu plan para mi vida es el mejor que puede haber. Prepárame para cualquier cosa que quieras que haga. Ayúdame a ser siempre fiel y nunca darme por vencida. Te amo, y deseo ser tu niña siempre. Te lo pido todo en el nombre de Jesús, amén.

No fastidies a otros

Mi muy amada princesa:

No te diviertas a costillas de otros, burlándote de ellos. Una verdadera princesa se preocupa por los sentimientos de los demás. Piensa en lo triste o enojada que te pones cuando alguien se burla de ti. Recuerda, mi amor, que tú me representas a mí, tu Rey, ante muchas personas que aún no me conocen. Así que ten cuidado de no tratar mal a nadie ni ser poco amable. En lugar de eso, muéstrales a los demás cuánto te preocupas por ellos y cuánto los amo yo. Si me lo pides, te puedo a ayudar a mirar a la gente de la manera en que yo lo hago. Cuando abra tus ojos y te lleve a ver que cada persona es muy especial para mí, mi amor comenzará a bullir dentro de ti hasta que desborde sobre cada uno de aquellos con los que te encuentres.

Con amor,

Tu Rey, que vive en ti

....

En efecto, toda la ley se resume en un solo mandamiento: «Ama a tu prójimo como a ti mismo».
GÁLATAS 5:14

Señor, cambia mi corazón

Amado Dios, lamento mucho haberme burlado de otros en algunas ocasiones, y haber herido sus sentimientos. Deseo actuar como tu princesa, y al tratar a cada persona, hacerla sentir especial. Ayúdame a amar a otros de la manera en que tú los amas. Ayúdame a nunca más volver a fastidiar a otros. Te lo pido en el nombre de Jesús, amén.

En tiempos de enfermedad

Amada hija:

A veces la gente que amamos se enferma. Sé que esto te resulta difícil de aceptar. Hay muchas razones por las que la gente se enferma, hija mía. Y ese es un tiempo en el que tendrás que cuidar a aquellos que amas y mostrarles tu amor ayudándoles en todo lo que te sea posible. Una forma muy importante en la que puedes ayudar es orando por los que están enfermos. Muchas veces yo tocaré a los enfermos y sanarán. En otras ocasiones, me los llevaré al cielo conmigo. Pero puedes estar segura de que yo sé lo que es mejor para todos mis hijos. Y cuando no te sientas bien de salud, recuerda que siempre estaré contigo, mi preciosa niña.

Con amor,

Tu Rey y tu sanador

El Señor lo confortará cuando esté enfermo;
lo alentará en el lecho de dolor.

SALMO 41:3

Tú eres mi sanador

Amado Dios, es difícil para mí ver que mi familia o mis amigos se enfermen. Por favor, sánalos y consuélalos cuando no se sienten bien. Y muéstrame la manera de ayudarlos. Te lo pido en el nombre de Jesús, amén.

Los ángeles velan sobre ti

Mi querida princesa:

He enviado mis ángeles para que cuiden de ti. Los ángeles no son una historia inventada, hija mía. ¡Son reales y están muy cerca! No temas. Mis ángeles son mensajeros y poderosos guerreros. Los envié a la fosa de los leones a proteger a Daniel. Mandé uno de mis ángeles a un horno ardiente de fuego a proteger a mis hijos Sadrac, Mesac y Abednego. Dispuse todo un ejército de ángeles marchando en carros de fuego para proteger a mi profeta Elías. Y haré lo mismo por ti, mi hija. Soy tan poderoso hoy como lo era mil años atrás. Mi protección está a tu disposición, si me la pides, porque tú eres mi princesa.

Con amor,

Tu Rey, el que comanda a los ángeles del cielo

....

Porque él ordenará que sus ángeles
te cuiden en todos tus caminos.
Salmo 91:11

Envía tus ángeles a protegerme

Amado Dios, gracias por crear a los ángeles del cielo. Gracias por enviar tus ángeles a protegerme. Me siento muy bendecida al estar bajo tu protección y al poder llamarte mi Padre. ¡Me encanta ser tu princesa! En el nombre de Jesús, amén.

Honra a los mayores

Mi amada hija:

Hace muchos años, tu abuela y tu abuelo fueron jóvenes, así como lo eres tú. Pero desde entonces han ido creciendo en edad y en sabiduría. Las personas ancianas merecen tu respeto porque han vivido un largo tiempo y han aprendido muchas cosas importantes sobre la vida. Si te sientas a conversar con tu abuelo y tu abuela, y los escuchas cuidadosamente, te transmitirán valiosos tesoros de sabiduría y verdad, y te enseñarán a escoger bien. Tú puede mostrar respeto y honra a los ancianos al escucharlos, al ayudarlos y al servirlos en todo lo que puedas. Alegra mi corazón verte tratar a los mayores dándoles honor. Cuando haces lo que yo te enseño, bendices mucho también a tu Rey.

Con amor,

Tu Rey, que se ocupa tanto de los jóvenes como de los ancianos

....

«Ponte de pie en presencia de los mayores.
Respeta a los ancianos».
Levítico 19:32

Ayúdame a honrar a mis abuelos

Amado Dios, deseo agradarte honrando a la gente mayor como mi abuelo y mi abuela. Por favor, ayúdame a tratar a los ancianos con amor y amabilidad. Ayúdame a aprender de los mayores. Y muéstrame qué es lo que puedo hacer para ayudarlos. En el nombre de Jesús te lo pido, amén.

Vístete como un miembro de la realeza

Mi princesa:

Tú eres una hija del Rey. Por ser mi princesa, aquella a quien yo he elegido, debes vestirte con modestia, decentemente, todos los días. Tú eres mía, y a mis ojos eres pura y preciosa. Deseo que todos noten que me pertenecen a través de la manera en que te vistes. Lamentablemente, hay muchas jovencitas que no piensan en mí cuando se visten por la mañana. Usan ropas que no cubren sus cuerpos, o que muestran sus cuerpos de una manera indecente. Yo no quiero que tú te vistas como ellas. En lugar de eso, ora preguntándome qué ropa deberías usar. Cubre adecuadamente tu cuerpo y sé un ejemplo para otras.

Con amor,

Tu Rey, el que te vestirá de gloria

....

En cuanto a las mujeres, quiero que ellas se vistan decorosamente, con modestia y recato … Que se adornen más bien con buenas obras, como corresponde a mujeres que profesan servir a Dios.

1 Timoteo 2:9-10

Vísteme como a una princesa

Amado Señor, deseo que me vean como a una princesa. Ayúdame a escoger ropa que te agrade. Enséñame a resultar atractiva a través de hacer cosas buenas en tu nombre. Gracias por haberme elegido para representarte. En el nombre de Jesús, amén.

Los amigos son un regalo

Querida hija:

Deseo hablarte con respecto a tus amigos, mi amor. Te he dado amigos, que son un regalo, para que los disfrutes. Así que trata a tus amigos de la manera en que tratarías a un juguete nuevo recibido en la mañana de Navidad. Ten mucho cuidado con tus amigos y muéstrales que son preciosos para ti. Si lo haces, conservarás a tus amigos por mucho tiempo. Pero si los tratas como a juguetes viejos por los que no te preocupas más, ellos te tratarán de la misma manera y no querrán estar cerca de ti. Un buen amigo es un regalo que tienes que atesorar. Si me lo pides, te ayudaré a ser una buena amiga para ellos.

Con amor,
Tu Rey y tu amigo

....

En todo tiempo ama el amigo.
PROVERBIOS 17:17

Quiero ser una buena amiga

Amado Dios, por favor perdóname por las veces en que no he tratado a mis amigos con amabilidad. Quiero aprender a ser una buena amiga. Tú me has mostrado que soy preciosa para ti; ayúdame a mostrarles a mis amigos que ellos son preciosos para mí también. En el nombre de Jesús te lo pido, amén.

Dulces sueños, mi amor

Amada princesa:

He estado cuidándote mientras dormías. Deseo bendecirte con un dulce sueño, mi amor, así que asegúrate de hablar conmigo cada noche cuando te vas a la cama. Puedes cantarme una canción antes de quedarte dormida. ¡Tú sabes cuánto me gusta escucharte cantar! No temas a la oscuridad porque yo soy la Luz que en medio de la oscuridad te protege mientras descansan tus ojos. Yo nunca duermo y nunca quito mis ojos de mi hija, ¡ni siquiera por un momento! Que tengas dulces sueños, mi princesa, y acurrúcate en mi amor. Buenas noches, hija. Te amo mucho.

Con amor,

Tu Rey, que siempre está a tu lado

....

Al acostarte, no tendrás temor alguno;
te acostarás y dormirás tranquilo.
PROVERBIOS 3:24

Tú eres mi luz en medio de la noche

Amado Señor, me siento muy feliz por saber que siempre me cuidas. Contigo a mi lado, no tendré temor. Por favor, ayúdame a dormir bien y dame buenos sueños. Buenas noches, Padre. En el nombre de Jesús, amén.

La Navidad

Mi querida princesa:

La Navidad es mi regalo de amor al mundo. Recuerda siempre la verdadera historia de la Navidad. Mi hija María, a quien escogí, era también mi princesa muy especial. La elegí para dar a luz a Jesús, mi único Hijo. María, que era muy jovencita, se asustó un poco al principio, pero no renunció a la esperanza y confió en mí. Cuando se cumplió el tiempo para que el niño Jesús hiciera su aparición en el mundo, María no contó con un hospital, y ni siquiera con una cama blanda en la que descansar. Así que dio a luz en un establo, rodeada de animales de granja. ¡Esa bendita noche constituyó el momento más especial que el mundo ha conocido! Y por causa de mi Hijo, tú podrás disfrutar para siempre conmigo una feliz Navidad, mi amor.

Con amor,
Tu Rey, el que dio su Hijo por ti

....

«Miren que les traigo buenas noticias que serán
motivo de mucha alegría para todo el pueblo.
Hoy les ha nacido en la ciudad de David un
Salvador, que es Cristo el Señor».

Lucas 2:10-11

Padre, ¡Feliz Navidad!

Amado Señor, gracias por el regalo que nos hiciste dándonos al niño Jesús. Gracias por amarme tanto que enviaste a tu único Hijo para salvarme. Por favor, ayúdame a recordar siempre que la Navidad significa mucho más que presentes y papel de regalo. En el nombre de Jesús, amén.

Mi Palabra es verdad

Mi muy amada hija:

Cada palabra que he escrito para ti en la Biblia es verdad. Todas esas historias de milagros y maravillas realmente sucedieron. Y del mismo modo en que coloqué el arco iris en el cielo como una promesa para Noé, cada promesa que he colocado en la Biblia es también para ti, mi princesa. He dejado escritos allí todos los secretos acerca de cómo vivir y actuar como mi princesa. Cada vez que leas la Biblia, descubrirás un nuevo tesoro de verdad para guardar en tu corazón. Yo soy el mismo Dios que abrió el Mar Rojo delante de Moisés y los hijos de Israel. Yo soy el mismo Dios que creó los cielos y la tierra. Yo soy tu Dios, y puedes confiar en mi Palabra.

Con amor,

Tu Rey, que cumple sus promesas

....

He colocado mi arco iris en las nubes, el cual servirá como señal de mi pacto con la tierra.

GÉNESIS 9:13

Me encanta leer la Biblia

Amado Dios, gracias porque siempre cumples tus promesas. Gracias por la Biblia. Me encanta leer acerca de todas las maravillosas cosas que mi Papá del cielo ha hecho, y sobre todas las cosas que hará por mí porque soy suya. En el nombre de Jesús, amén.

Inténtalo de nuevo

Mi querida hija:

Nunca temas volver a intentar algo porque te parezca difícil de realizar. A veces se requiere de más de un intento para aprender a hacer algo nuevo. Cuando procuras aprender a andar en una bicicleta nueva, puede ser que te caigas muchas veces antes de que logres conducirla por ti misma. Sea lo que fuere que debas enfrentar en esta vida, siempre estaré allí para cuidarte. Estaré contigo mientras aprendes y creces y exploras. Y te ayudaré a ponerte de pie de nuevo cada vez que te caigas o falles. Recuerda que una verdadera princesa puede caer de vez en cuando, pero que siempre lo intentará de nuevo hasta que aprenda a realizar aquello que se ha propuesto.

Con amor,

Tu Rey, que está cerca para atajar tus caídas

....

Porque siete veces podrá caer el justo,
pero otras tantas se levantará;
los malvados, en cambio, se hundirán
en la desgracia.
PROVERBIOS 24:16

Confiaré en ti

Amado Señor, a veces me resulta difícil intentar nuevas cosas. En especial cuando trato de hacer algo nuevo y no lo logro la primera vez. Gracias porque tú siempre me ayudas a levantarme cuando caigo y también a intentarlo de nuevo. En el nombre de Jesús, amén.

Siempre da lo mejor de ti

Mi querida, a quien he elegido:

En cualquier lugar al que vayas y en todo lo que hagas, demuestra ante el mundo a quién perteneces. Cuando otras personas te observan, me ven a mí, porque yo estoy en tu corazón y mi Espíritu está contigo. Porque esto es así, te pido que hagas algo importante por mí. Deseo que siempre des lo mejor de ti, sin importar qué sea lo que hagas. Sea que trabajes, juegues o estudies, siempre hazlo lo mejor que sea posible. A veces cometerás errores. Está bien. Pero yo quiero que te esfuerces al máximo. Establecerás un buen ejemplo para los demás al intentar siempre dar lo mejor de ti. Recuerda que te he elegido para mostrar ante la gente como vive una hija mía.

Con amor,

Tu Rey, que está orgulloso de su princesa

....

Que los creyentes vean en ti un ejemplo a seguir
en la manera de hablar, en la conducta,
y en amor, fe y pureza.
1 Timoteo 4:12

Ayúdame a dar lo mejor de mí

Amado Dios, por favor, perdóname por las veces en que no me he esforzado por hacer las cosas lo mejor que podía haberlas hecho. Ayúdame a recordar que soy tuya y que los demás deben ser capaces de verte a ti cuando me miran a mí. Ayúdame a dar lo mejor de mí en todo lo que haga. Te lo pido en el nombre de Jesús, amén.

Una princesa no presume de sí misma

Mi muy bendecida hija:

Te he dado dones y talentos especiales. Te he bendecido para que puedas bendecir a otros. No te di esos dones para que te jactes o alardees. Cuando presumes de ti misma, haces que los demás se sientan mal. Deseo que estés contenta en tu corazón por las cosas que tienes y los talentos especiales que te he dado. Me encanta darte cosas, mi niña, pero jamás trates de mostrarte como muy importante. No te pongas a hablar de las cosas que posees o de lo que puedes hacer. En lugar de eso, cuéntame lo agradecida que estás y pídeme que te muestre la manera en que puedes usar tus pertenencias y talentos para ayudar a otros.

Con amor,

Tu Rey, que te da todo buen regalo

....

«Si alguien ha de gloriarse, que se gloríe
de conocerme y de comprender que yo soy el Señor,
que actúo en la tierra con amor, con derecho
y justicia, pues es lo que a mí me agrada».

JEREMÍAS 9:24

No voy a alardear ni a presumir

Amado Señor, lamento haber presumido acerca de los dones que tú me has dado. Ayúdame a usar mis pertenencias y talentos para hacer felices a los demás. Y lo único de lo que me quiero jactar es acerca de lo bueno que eres conmigo. En el nombre de Jesús, amén.

Ama a la gente tal como yo la amo

Mi amada hija especial:

Permíteme abrirte los ojos para que veas a las multitudes de la manera en que yo, tu Rey, las veo. He hecho a todas las personas que viven sobre la tierra, y amo a cada uno tal como es. Las personas son todas diferentes porque yo lo determiné así. Es por eso que deseo que trates a todos del mismo modo, sean jóvenes o viejos, ricos o pobres, sanos o enfermos, blancos o negros. Ten cuidado, mi princesa, de modo que aceptes a cada uno por lo que es. Pídeme y te enseñaré a apreciar a la gente que es diferente de ti. Cuando aprendas a ver a las personas de la manera en que yo las veo, comenzarás a amarlas de la forma en que yo las amo.

Con amor,

Tu Rey, que te hizo para que ames a los demás

....

El mismo Dios que me formó en el vientre
fue el que los formó también a ellos;
nos dio forma en el seno materno.

JOB 31:15

Tú nos hiciste a todos

Amado Dios, gracias por hacer tanta cantidad de gente diferente en el mundo. Por favor, ayúdame a amar a todos así como son, aunque los vea distintos. Gracias también porque yo soy única y diferente de todos los demás. En el nombre de Jesús, amén.

Encuéntrate conmigo en el templo

Amada princesa:

Tú alegras mi corazón cuando vienes a encontrarte conmigo. Cuando haces tiempo para reunirte con la iglesia y aprender más acerca de nuestra relación tan especial, ¡mi corazón se llena de gozo! Amo ver a mis hijos reunidos para cantar alabanzas a mi nombre, leer la Biblia y orar unos por los otros. Puede ser que no siempre comprendas lo que los adultos tratan de enseñarte sobre mí en la iglesia, pero puedes estar segura de que mi Espíritu Santo te ayudará a conocerme cada vez más a medida que crezcas. Siempre enviaré mi Espíritu para que te acompañe de una manera especial cuando dedicas tiempo a estar con la gente que me ama.

Con amor,

Tu Rey, al que le encanta encontrarse contigo

....

Tengo sed de Dios, del Dios de la vida.
¿Cuándo podré presentarme ante Dios?
Salmo 42:2

Amo tu iglesia

Amado Señor, ¡me encanta ir a la iglesia a orar y cantar con otras personas que te aman! Por favor, encuéntrate conmigo allí y ayúdame a aprender más con respecto a ti. Bendice a mis maestros y a nuestro pastor. Que puedan mantenerse firmes y seguros. Gracias porque podemos asistir al templo. En el nombre de Jesús, amén.

Ten fe, hija mía

Querida hija:

Tener fe significa confiar en mí aunque la vida se ponga difícil. A veces, mi amor, tu puedes sentir que no estoy contigo cuando suceden cosas malas. Pero la realidad es que siempre estoy contigo. Cuando a Sansón le arrancaron los ojos los filisteos y lo arrojaron dentro de una prisión, probablemente él haya pensado que yo lo había olvidado. Pero todavía tenía grandes planes para Sansón: rescatar a mi pueblo y mostrarles a los filisteos que yo soy el verdadero Dios. Así que con un solo y fuerte empujón, él destruyó el templo de los filisteos. Yo lo veo todo, y castigaré a aquellos que lastimen a mis hijos. Puedes estar segura de que yo siempre cumplo mis promesas.

Con amor,
Tu Rey, que siempre está contigo

....

La fe es la garantía de lo que se espera, la certeza de lo que no se ve. Gracias a ella fueron aprobados los antiguos.
HEBREOS 11:1-2

Fortalece mi fe

Amado Dios, ayúdame a tener fe en ti a pesar de las circunstancias. A veces, cuando suceden cosas malas, me olvido que tú siempre estás conmigo. Cuando esté triste, enojada o asustada, por favor, ayúdame a sentirte cerca y a confiar en ti. En el nombre de Jesús, amén.

No te pongas celosa

Mi querida princesa:

Los celos son algo que sientes dentro de ti cuando otra persona tiene algo que tú deseas o que no tienes. También puedes ponerte celosa del talento de algún otro. O simplemente puedes estar celosa por la atención que uno de tus hermanos o hermanas logra de tu papá y tu mamá. Los celos resultan muy peligrosos porque te vuelven ingrata en cuanto a lo que ya tienes. Y pueden hacer que actúes con falta de amabilidad hacia un amigo o un miembro de tu familia. Pero aquí estoy yo para ayudarte cuando te sientas de ese modo. Así que ora y confiésale tus celos a tu Papá del cielo. Yo cambiaré tu corazón y te ayudaré a ser feliz y a estar agradecida por todo lo que te he dado.

Con amor

Tu Rey, que te da todo lo que necesitas

....

Mientras haya entre ustedes celos y contiendas, ¿no serán inmaduros? ¿Acaso no se están comportando según criterios meramente humanos?

1 Corintios 3:3

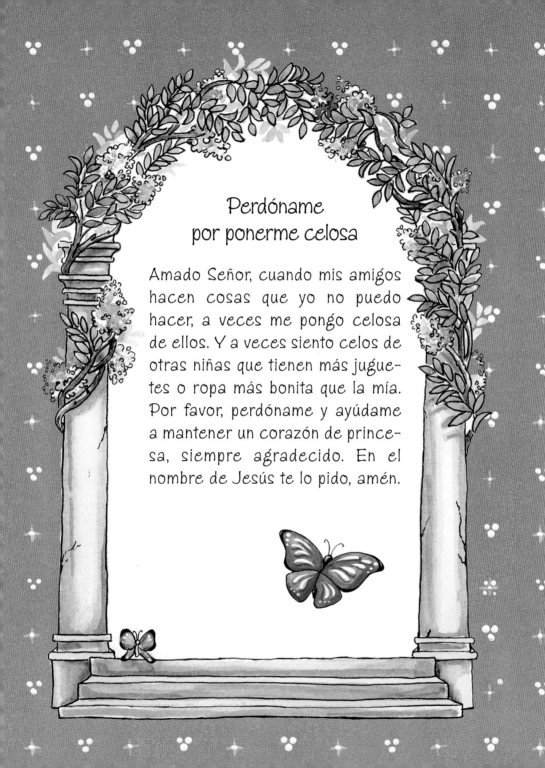

Perdóname
por ponerme celosa

Amado Señor, cuando mis amigos hacen cosas que yo no puedo hacer, a veces me pongo celosa de ellos. Y a veces siento celos de otras niñas que tienen más juguetes o ropa más bonita que la mía. Por favor, perdóname y ayúdame a mantener un corazón de princesa, siempre agradecido. En el nombre de Jesús te lo pido, amén.

Mi princesa paciente

Mi querida hija:

La paciencia es esperar sin quejarse a que sucedan aquellas cosas que *realmente* anhelamos. Esperar puede resultar muy difícil, pero si mantienes la actitud correcta mientas esperas, entonces el pensar acerca de las cosas maravillosas que vendrán luego puede ser algo tan especial dentro de tu corazón como el momento en que realmente sucedan. Mientras te formaba dentro del vientre de tu madre, me costaba aguardar el momento en que nacieras en este mundo. Cuando sientas que te estás poniendo impaciente, quiero que antes que nada ores. Luego usa tu imaginación para soñar con aquellas cosas que te entusiasmaría que sucedieran. Y yo te concederé el deseo de tu corazón en el momento apropiado.

Con amor,

Tu Rey, que les da buenas cosas a aquellos que saben esperar

....

Ser fortalecidos en todo sentido con su glorioso poder.
Así perseverarán con paciencia
en toda situación.

Colonses 1:11

Padre, dame paciencia

Amado Dios, esperar a veces resulta difícil. Lamento las ocasiones en que he actuado de una manera egoísta o poco amable porque deseaba recibir las cosas EN ESE PRECISO MOMENTO. Necesito que me ayudes a mantener la calma, a ser paciente y a esperar el momento que tú consideres oportuno. En el nombre de Jesús te lo pido, amén.

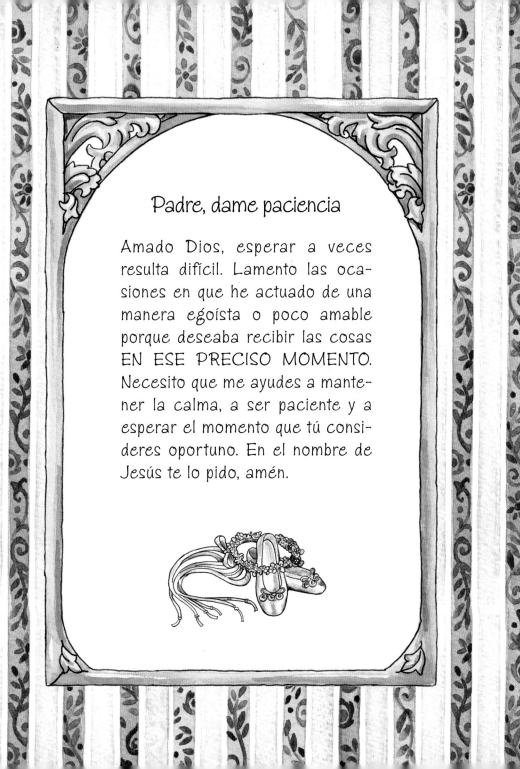

Di la verdad

Mi querida princesa:

Nunca te mentiré, mi amor. Puedes confiar siempre en mi Palabra. Tú eres la princesa que he elegido, y quiero que otros sepan que ellos también pueden confiar en que tú les dirás la verdad. A veces suceden ciertas cosas por las que te resulta difícil hacerlo. Por ejemplo, si has hecho algo errado, puedes sentir temor de decir la verdad al respecto. En otras ocasiones, puedes sentirte tentada a mentir para caerle bien a alguien. Pero el decir una mentira incomodará tu corazón, porque es allí donde yo vivo. Deseo que mi hija siempre diga la verdad. Así que cuando te sientas tentada a mentir, ora, y yo te ayudaré a ser veraz.

Con amor,

Tu Rey, que siempre dice la verdad

....

«El que quiera amar la vida y gozar de días felices,
que refrene su lengua de hablar el mal y sus labios
de proferir engaños».

1 Pedro 3:10

No diré mentiras

Amado Señor, siento mucho no haber dicho la verdad en algunas ocasiones. Por favor, ayúdame a hablar siempre como tu princesa. Ayúdame a nunca decir mentiras. Deseo ser una persona en la que los demás puedan confiar. Te lo pido en el nombre de Jesús, amén.

Jesús murió por ti

Mi querida hija:

Hace más de dos mil años, yo envié a mi único hijo a la tierra para enseñarle a la gente acerca de mí, del cielo y de mi amor. Jesús te amó tanto que eligió morir en la cruz para borrar todas las malas elecciones que habías hecho. Porque él murió, todo aquel que cree que Jesús es mi hijo y le pide que entre en su corazón puede convertirse en un hijo del Rey. Mi preciosa hija, si tú no le has pedido todavía a Jesús que entre en tu corazón, deseo que lo hagas ahora, para que en el futuro puedas estar conmigo para siempre. Si ya se lo has pedido, entonces levanta tu voz en alabanza y dale gracias por el don de la vida eterna.

Con amor,

Tu Rey, que dio su único hijo para que muriera por ti

....

«Porque tanto amó Dios al mundo, que dio a su Hijo unigénito, para que todo el que cree en él no se pierda, sino que tenga vida eterna».

Juan 3:16

Jesús, ven a mi corazón

Amado Jesús, gracias por morir
en la cruz por mí. Deseo que
entres a mi corazón y que me per-
dones por todas las cosas malas
que he hecho. Quiero vivir para ti
de ahora en más. ¡Te amo, Jesús!
En tu nombre, amén.

Cuéntale a la gente sobre Jesús

Querida hija, a la que he elegido:
¡Tú puedes ayudar a alguien a llegar al cielo! ¿Sabes cómo? Contándole a la gente acerca de Jesús. Hay muchas maneras en que les puedes transmitir a otros las buenas noticias sobre mi Hijo. Comienza por orar por la gente que no conoce a Jesús. Luego pídeme que te muestre como explicarles la forma en que pueden convertirse en cristianos. Siempre responderé tus oraciones por la gente que necesita conocerme. Solo por hacer cosas buenas por esas personas y decirles que estás orando por ellas, ya serás una bendición. ¡Y yo te bendeciré por hablarles acerca de mí! Y entonces todos notarán que tú eres mi pequeña princesa y que yo soy tu Rey.
Con amor,
Tu Rey, que te ha dado buenas noticias para transmitir a otros

....

Ustedes son linaje escogido, real sacerdocio, nación santa, pueblo que pertenece a Dios, para que proclamen las obras maravillosas de aquel que los llamó de las tinieblas a su luz admirable

1 Pedro 2:9

Quiero anunciar las buenas nuevas

Amado Dios. Te amo tanto que quiero que todos sepan acerca de ti. Por favor, dame las palabras adecuadas para contarles a otros sobre Jesús, y recuérdame que ore por la gente que todavía no te conoce. En el nombre de Jesús te lo pido, amén.

Abre tu regalo

Mi princesa:

Tienes en tu interior un regalo muy especial que yo he colocado allí. ¿Sabes de qué regalo se trata? Es una habilidad para hacer algo muy, pero muy bien. A medida que vayas creciendo, irás descubriendo más acerca de este regalo, o don especial. Te darás cuenta de que te resulta fácil hacer ciertas cosas, y que te sientes bien cuando las haces. Habrá otras cosas que tus amigas harán mejor que tú. Recuerda que no tienes que esforzarte por ser como los demás. Yo quiero que estés agradecida por la manera en que te he hecho. Luego yo te ayudaré a abrir ese precioso regalo que tienes adentro. Tengo un propósito maravilloso para tu vida. ¡Pídemelo, y yo te ayudaré a descubrirlo!

Con amor,

Tu Rey, que te está preparando para algo especial

....

Tenemos dones diferentes, según la gracia
que se nos ha dado.
ROMANOS 12:6

Gracias por mi don

Amado Señor, gracias por colocar un don especial dentro de mí. Ayúdame a descubrir cuál es mi don, y por favor, muéstrame cómo usarlo para bendecir a la gente. Ayúdame a ser todo lo que tú deseas que sea. Te lo pido en el nombre de Jesús, amén.

Regalos en el cielo

Mi amada hija:

Un día vendrás a vivir conmigo en el cielo. Eso me entusiasma porque tengo muchos regalos para hacerte cuando llegues allí. ¿Sabías que cada vez que haces algo bueno o que le dices algo amable a alguien, solo para hacerles saber que tú me perteneces, yo preparo otro regalo para ti en el cielo? Recuerda, mi amor, que aunque nadie más note esas cosas amorosas que haces por los demás, yo las veo. Y te recompensaré en público y ricamente cuando llegues al cielo por todas las cosas amables que hayas hecho por otros sin ser vista. Quiero que sepas que estoy muy orgulloso de ti.

Con amor,

Tu Rey, que tiene maravillosas sorpresas preparadas para ti

....

«Ningún ojo ha visto, ningún oído ha escuchado, ninguna mente humana ha concebido lo que Dios ha preparado para quienes lo aman».

1 Corintios 2:9

Tú ves todo lo que hago

Amado Dios, gracias por mirarme cuando nadie más lo hace. Gracias por mis regalos. Estoy impaciente por poder abrirlos un día. Ayúdame a actuar siempre como tu hija, aun cuando nadie me vea. Te lo pido en el nombre de Jesús, amén.

La muerte no es el fin

Mi princesa elegida:

No quiero que tengas temor a la muerte, hija mía, porque la muerte no es el final de la vida para mis hijos. Es solo el comienzo de su vida eterna. Todos aquellos que me amaron y han muerto están conmigo ahora en el cielo. Recuerda esta verdad: cuando dejes esta tierra, también tú irás a estar conmigo para siempre. Sé que extrañas a aquellos de mis preciosos hijos que han muerto, pero te prometo que volverás a verlos otra vez, mi amor. Si hablas conmigo cuando te sientes triste, sanaré tu corazón y te recordaré que un día viviremos todos felices para siempre, juntos como una sola familia en el cielo.

Con amor,

Tu Rey, que está preparando un hogar para todos sus hijos

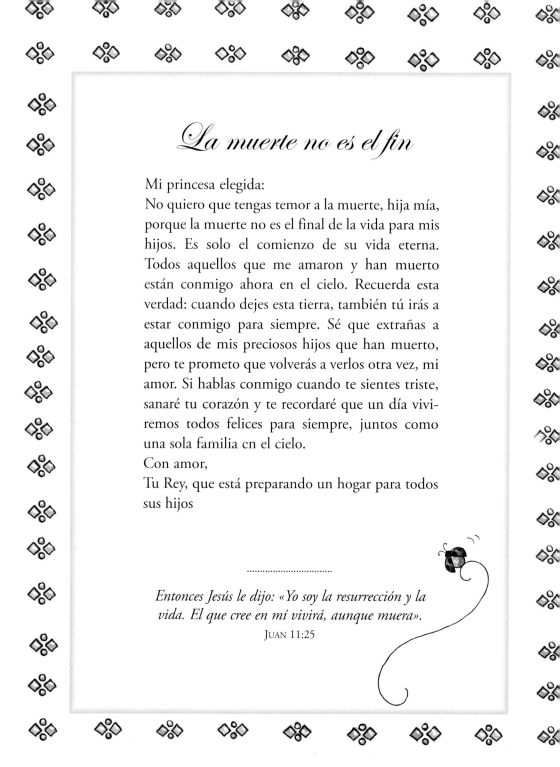

....

Entonces Jesús le dijo: «Yo soy la resurrección y la vida. El que cree en mí vivirá, aunque muera».

Juan 11:25

Consuélame, Señor

Querido Dios, me siento muy triste cuando alguien que amo muere. Ayúdame a recordar que todos los que te aman vivirán contigo después de su muerte. Ayúdame a recordar que yo los veré en el cielo un día. Te lo pido en el nombre de Jesús, amén.

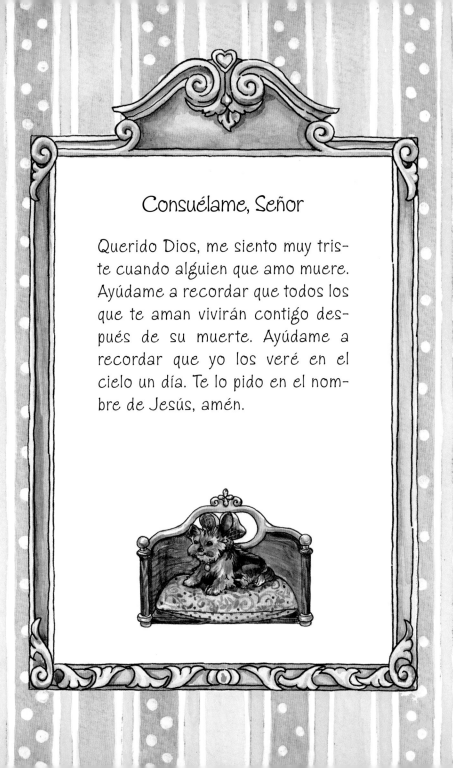

Un hogar en el cielo

Mi amadísima princesa:

Estoy preparando para ti el más hermoso lugar que jamás hayas visto. En el cielo las calles son de oro y el mar es como el cristal de un diamante, reflejando la luz de mi amor. En tu hogar celestial ya nadie podrá herirte, ni a ti ni a ninguno de mis preciosos hijos. Nunca volverás a sentir temor ni llorarás una sola lágrima más. Nadie volverá a morir, y todas las cosas malas que suceden en esta vida desaparecerán para siempre. Piensa acerca de tu hogar en el cielo, mi amor. Tú estás aquí, en la tierra, por un poco de tiempo para contarles a los demás que yo los amo. Luego cantaremos y celebraremos juntos para siempre.

Con amor,

Tu Rey, que te ama ahora y por siempre

....

Él acampará en medio de ellos, y ellos serán su pueblo; Dios mismo estará con ellos y será su Dios. Él les enjugará toda lágrima de los ojos. Ya no habrá muerte, ni llanto, ni lamento ni dolor, porque las primeras cosas han dejado de existir.

APOCALIPSIS 21:3-4

Feliz para siempre

Amado Dios, ¡gracias! Muchas gracias por el hermoso hogar eterno que estás preparando en el cielo. Estoy muy contenta de que me hayas elegido para ser tu princesa desde ahora y para siempre. Ayúdame a vivir actuando como alguien que te pertenece en todo momento. Te lo pido en el nombre de Jesús, amén.

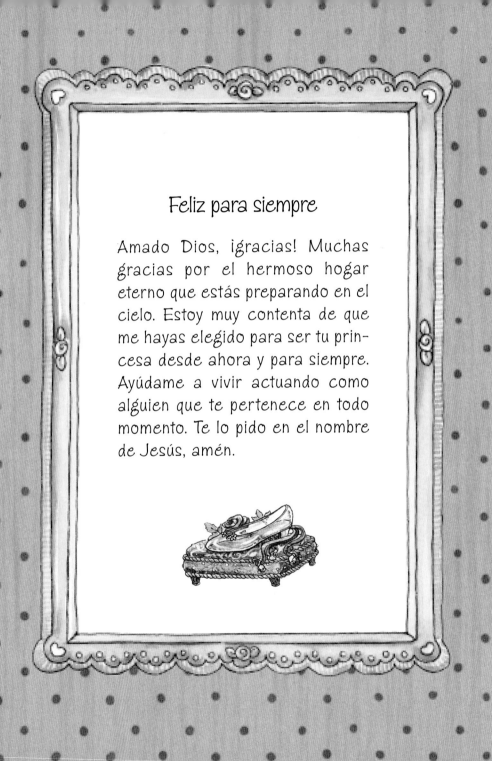

Acerca de la autora y de la ilustradora

SHERI ROSE SHEPHERD es la autora de la serie *Su Princesa*. Ganó el título de belleza *Señora Estados Unidos*. Es una maestra de la Palabra muy ungida, ha ministrado como oradora principal en las conferencias de *Women of Virtue* [Mujeres de Virtud] y ha sido la portavoz de *Teen Challenge* [Desafío adolescente] de 1994 a 1998. Su pasión es acercar a Dios a las princesas de todas las edades, para mostrarles cuánto las ama su Rey. Sheri Rose está casada desde hace dieciocho años y tiene dos hermosos hijos.

LISA MARIE BROWNING asistió al Colegio de Arte de Filadelfia, y ha estado ilustrando libros infantiles durante siete de sus veintidós años como artista.

Referencias de las Escrituras

A menos que se indique lo contrario, las citas han sido tomadas de la Nueva Versión Internacional, 1999, Sociedad Bíblica Internacional.